I MEWN I'R ARCH Â NHW!

STORI FFYDD NOA

Gan Angharad Tomos

Darluniau gan Stephanie McFetridge Britt

o Genesis 6 i 8

Ffrind Duw oedd Noa.
Roedd yn credu popeth a ddywedai Duw...
Mae Duw bob amser yn dweud y gwir.

I MEWN I'R ARCH Â NHW!

STORI FFYDD NOA

Gan Angharad Tomos

Darluniau gan Stephanie McFetridge Britt

Dylid dychwelyd neu adnewyddu'r eitem erbyn neu cyn y dyddiad a nodir uchod. Oni wneir hyn gellir codi tâl.

This book is to be returned or renewed on or before the last date stamped above, otherwise a charge may be made.

LLT1   ♻ 100% paper eildro / 100% recycled paper.

Mae stori Noa wedi bod yn ffefryn gan
blant erioed. Yn ogystal â dysgu am ffydd
Noa a ffyddlondeb Duw, caiff eich plentyn
hwyl yn dysgu synau anifeiliaid a lliwiau'r
enfys. Wedi pob cwestiwn ar dudalen 10 i
19, oedwch gan adael i'r plentyn ddweud
beth yw sŵn pob anifail. Gellir defnyddio
tudalen 29 mewn dwy ffordd. Naill ai
gallwch bwyntio a gofyn i'r plentyn
enwi'r lliwiau, neu gallwch enwi'r lliw a
gofyn i'r plentyn bwyntio ato. Rhannwch
gyda'r plentyn eich ffydd yn Nuw mewn
geiriau syml.

Ⓑ Testun gwreiddiol: 1989 Roper Press Inc.
Cyd-argraffiad byd-eang wedi'i drefnu gan
Angus Hudson Ltd. Llundain.
Ⓑ Testun Cymraeg: 1998 Cyhoeddiadau'r Gair.
Argraffwyd yn Hong Kong.
Awdur y testun gwreiddiol: Marilyn Lashbrook
Darluniau gan: Stephanie McFetridge Britt
Testun Cymraeg: Angharad Tomos
Dymuna'r cyhoeddwyr gydnabod cymorth
Adran Olygyddol Cyngor Llyfrau Cymru.
Golygydd Cyffredinol: Aled Davies

ISBN 1 85994 166 4

Cyhoeddwyd gan:
Cyhoeddiadau'r Gair, Cyngor Ysgolion Sul Cymru,
Ysgol Addysg PCB, Safle'r Normal,
Bangor, Gwynedd, LL57 2PX.

Un dydd, dywedodd Duw wrth
Noa y byddai dilyw mawr.
"Rhaid i ti adeiladu llong
anferthol," meddai Duw.

Ni wyddai neb beth oedd dilyw.

Ond roedd Noa yn credu Duw.

Felly casglodd ddigon o goed i adeiladu
llong anferthol.
Tap, tap, tap. Rap, rap, rap.

Gweithiodd Noa yn galed.
Gwnaeth y llong yn union fel y dywedodd
Duw wrtho.
Roedd Noa yn credu popeth a ddywedai Duw.

Daeth pobl i weld beth oedd Noa yn ei
wneud.
Chwerthin yn uchel wnaeth pawb wrth weld
y llong anferthol.
"Does dim dŵr yma!" meddent.
"Sut mae'r llong i fod i hwylio?"

Dywedodd Noa wrthynt beth oedd geiriau
Duw, ond ni chredai neb yr un gair.
Aeth Noa ymlaen â'i waith.
Gwyddai fod Duw yn dweud y gwir.

Un dydd, gorffennodd y gwaith.
"Yn awr," meddai Duw,
"Mi wnaf yn siŵr fod dau o bob math o anifail

yn teithio yn y llong gyda thi."
Bu Noa yn disgwyl i'r anifeiliaid ddod.

Fesul dau, daeth cŵn bach sionc.
Beth mae'r cŵn yn ei ddweud? (Bow, wow)

Fesul dau, daeth cathod bach direidus.
Beth mae'r cathod yn ei ddweud? (miaw, miaw)

Fesul dau, daeth hwyaid tew.
Beth mae'r hwyaid yn ei ddweud? (cwac, cwac)

Fesul dau, daeth gwartheg smotiog.
Beth mae'r gwartheg yn ei ddweud? (mw,mw)

Fesul dau, daeth y moch chwareus.
Beth mae'r moch yn ei ddweud? (soch, soch)

Fesul dau, daeth defaid gwlanog.
Beth mae'r defaid yn ei ddweud? (me, me)

Fesul dau, daeth y llygod llwyd.
Beth mae'r llygod yn ei ddweud? (wich, wich)

Fesul dau, daeth yr eirth mawr blewog.
Beth mae'r eirth yn ei ddweud? (grrrr)

Fesul dau daeth yr holl anifeiliaid,
eliffantod, llewod a mwncïod.
Arweiniodd Noa hwy i'r llong.

"Clep!" Caeodd Duw y drws.
Roedd pawb yn ddiogel tu mewn.

Tipian, tapian,
Syrthiodd y glaw fesul diferyn.
Sblish, sblash,
Sawl pwll dŵr sydd yna?

Fflachiodd y mellt!
Dwrdiodd y taranau!
Syrthiodd y glaw yn ddibaid
dros bob man.

Siglodd llong Noa
rhyw fymryn i'r chwith
a mymryn i'r dde.
Cyn pen dim, roedd ar wyneb y dŵr.

Am ddeugain dydd a deugain nos,
bu'n bwrw glaw, glaw, glaw.
Cododd y dŵr yn uwch ac yn uwch.
Roedd Noa a'r anifeiliaid yn saff y tu mewn.

Yna, digwyddodd rhywbeth. Clustfeiniodd Noa.
Doedd dim diferyn i'w glywed.

Yn araf bach, diflannodd y llifogydd.

Un dydd, glaniodd y llong ar fynydd mawr.

Pan ddywedodd Duw ei bod yn bryd, agorodd Noa y ddôr a gadael i'r anifeiliaid ddod allan.
Fesul dau, cerddodd pob un i lawr y mynydd i chwilio am gartref newydd.

"Wna i byth orchuddio'r ddaear â dŵr fel yna eto," addawodd Duw.
"Ac fel arwydd, rhoddaf enfys yn yr awyr."

Allwch chi ddweud wrthyf pa liwiau sydd yn yr enfys?
(coch, oren, melyn, gwyrdd, glas a phorffor)

Edrychodd Noa ar yr enfys fendigedig.
Gwyddai fod addewid Duw yn wir.

Ac roedd Noa yn falch iawn
ei fod yn credu yn Nuw.